Florenz Tourtual

Vier merkwürdige Codices der münsterschen Paulina

Antigonos

Florenz Tourtual

Vier merkwürdige Codices der münsterschen Paulina

Unveränderter Nachdruck der Originalausgabe von 1873.

1. Auflage 2024 | ISBN: 978-3-38636-090-6

Antigonos Verlag ist ein Imprint der Outlook Verlagsgesellschaft mbH.

Verlag: Outlook Verlag GmbH, Zeilweg 44, 60439 Frankfurt, Deutschland info@outlook-verlag.de
Vertretungsberechtigt: E. Roepke, Zeilweg 44, 60439 Frankfurt, Deutschland
Druck: Libri Plureos GmbH, Friedensallee 273, 22763 Hamburg, Deutschland

VIER

MERKWÜRDIGE CODICES

DER MÜNSTERSCHEN PAULINA

beschrieben

von

Dr. FLORENZ TOURTUAL

Privatdozenten der Geschichte an der kgl. Akademie Münster,
Mitgliede des Vereins für Geschichte und Alterthumskunde Westfalens
und des historischen Vereins in Münster, der Colombaria in Florenz,
der società f. m. statistica in Mailand, der société académique relig.
et scientifique du duché d'Aoste.

Münster 1873.

Druck und Verlag der Theissing'schen Buchhandlung.

Meinem Freunde

D^r. Wilhelm Sauer

Sekretär des königl. Staatsarchivs in Münster
des Alterthums- und des historischen Vereins in Münster.

Motto: Apparent rari nantes in gurgite vasto.
Verg. Aen.

Vorwort.

Auf der hiesigen Paulinischen bibliothek befinden sich 4 merkwürdige codices, deren beschreibung bücherfreunden[1]), besonders geschichtsmännern nicht unwillkommen sein dürfte, namentlich aber denen nützlich sein möchte, welche sich mit der geschichte des 30 jährigen krieges und des Westfälischen friedens beschäftigen. Es sind die nummern $h^6\,81^m$, $h^6\,81^n$, $h^6\,81^o$, $h^6\,81^p$[2]). Sie enthalten zwar fast nur drucke, oft aber finden sich werthvolle handschriftliche bemerkungen. Jeder codex stellt, in quart, ungefähr fingerdick, eine sammlung von flugschriften, urkunden und aktenstücken dar, und zwar enthält von den 54 stücken der erste 3, der zweite 11, der dritte 10, der vierte 30 nummern. Sie sind theils in Münster, theils an den verschiedensten, theils an unbekannten orten, meistens 1647 und 1648 gedruckt.

---

[1]) Die Paulinische bibliothek wurde 1869 in der nacht vom 24. auf den 25. Juni durch eine feuersbrunst, welche $1^{1}/_{2}$ uhr nachts ausbrach, bedroht; $4^{1}/_{2}$ uhr aber war die gefahr beseitigt.

[2]) Ich habe sie der kürze wegen mit A B C D bezeichnet. In A C D steht Nieserts name auf dem titelblatt eingeschrieben, in A mit der jahreszahl 1822, in C ohne jahr, in D mit 1816. Niesert der 1841 Juni 14 zu Velen starb, ist wohl ihr sammler. In B heisst es dagegen: Bibliothecae R. P. S. Crucis Strictioris Obs.^{ae} Der umstand, dass die 4 codices auf dem rücken der ordnung nach I—IV gezeichnet sind, liesse vermuthen, dass diese bezeichnung nicht von

Meine beschreibung wird hoffentlich genügen, um festzustellen, wie viel davon bisher bereits bekannt war, und ich bitte die fachmänner, mir darüber auskunft zu geben, (da ich solche hier an einer kleinen bibliothek selbst mir nicht verschaffen kann) und mir die unica und die rara zu bezeichnen. In der ganzen sammlung findet sich nur eine doublette, eine flugschrift, welche in 2 nur der form nach verschiedenen drucken vorliegt, nämlich die Fransch Praetje = B IV = D I. Die stücke sind geschrieben in Lateinischer, Französischer, Spanischer, Deutscher und Holländischer sprache, und zwar in Lateinischer 15, in Französischer 2, in Spanischer 1, in Deutscher 5, in Holländischer also die mehrzahl, 31.

C IX ist von Jakob Lampadius, der ja selbst gesandter bei verhandlung des Westfäl. friedens war, eingeführt mit einer vorrede, druckort aber und verleger sind pseudonym. C VIII ist von F. Angelus a Sancto Francisco inter fratres minores minimus dem don Francesco de Melo[1]) gewidmet, auf dem titelblatt steht aber authore R. H. juris ciuilis doctore Anglo. Nur 3 verfasser sind, (abges. von den unter den urk. und aktenst. unterzeichneten) wie mir scheint, klar mit namen genannt, nämlich für B I, C I u. C II Johann Cools, Horna-Batavus und für C V R. P. Aegidius de Vriese, Transisulanus ord. S. Crucis Prior Osterberg. Beide ver-

---

Niesert herrührt, welcher, da in B sein name fehlt, C mit II, D mit III bezeichnet haben würde. Doch ist in B ein index, den Ficker ausdrücklich mir als von Nieserts hand herrührend bezeichnet.

1) Ueber ihn s. Tourtual Dispacci Ridolfi p. 326—328.

weilten in Münster, und zwar Johann Cools, wie er selbst sagt, als negotiorum pacis quadriennali consequenter publicae pacis amore, priuato suo aere, inspector. (C I und C II). Es werden dies wohl die jahre 1645—1648 gewesen sein. Er übersetzte den vertrag vom 30. Jän. 1648 zwischen Spanien und Holland, wie er selbst sagt, aus dem Französischen und Belgischen mit ergänzung des nothwendigen und hinzufügung bisher noch nicht veröffentlichten stoffes, zuerst ins Lateinische, optima fide, magnatûm legatorumque auctoritate et inuitatu, und beschrieb in einem anhange die dem friedensabschluss folgenden förmlichkeiten und festlichkeiten (C II). P. Aegidius de Vriese aber hielt sich in Münster in geschäften seines ordens auf. Für C VI hat sich als verfasser genannt Speautre. Ausserdem nennen sich für A I die rhetores gymnasii Pavlini societatis Jesv Monasterii, für A II Ernestus de Eusebijs civis Romanus als verfasser, wobei ich jedoch bemerke, dass dieser name ein vorgeschützter ist, für B V die juuentus gymnasij Petrini apud Dürstenses nobilis et ingenua, für B VIII die fratres minores strictioris obseruantiae conuentus Coloniensis ad Oliuas. B X ist von D. V. B. Für C IX hat sich genannt Irenäus Evbulus (offenbar ein pseudonym) theologus Austriacus. Mit neuerer hand steht auf dem titelblatte: Auctor Hermann Conring[1]). (D VII enthält 2 memoires von Philippe le Roy, rath der finanzen Philipps IV). Ob D XXVIII und D XXIX von den minderbrüdern in

---

[1]) Professor in Helmstädt.

Loretto abgefasst sind, scheint mir aus der fassung der worte nicht ganz klar. Denn bei dem ersten heisst es: Vor den Minnenbrüder im Loret. Getruckt im Jahr Christi 1648, beim zweiten aber: ist absonderlich zu finden zu Loret vor den Minnenbrüder. Danach kann es auch scheinen, dass die minderbrüder die beiden ursprünglich wohl Italiän. oder Span. geschriebenen schriften blos im verlag hatten, oder den druck besorgten.

Einige paläographische abkürzungen konnten wegen mangels an betr. typen nicht wiedergegeben werden.

Das verdienst, auf diese 4 codices mich zuerst aufmerksam gemacht zu haben, gebührt einem meiner zuhörer, herrn stud. **Eduard Aander Heyden** aus Kalkar; auch sonst hat derselbe bei dieser arbeit mich mannichfach unterstützt, wofür ich ihm meinen warmen dank ausspreche sowie den herrn geheim. archivrath dr. Roger Wilmans und prof. dr. Friedhoff hier und meinen zuhörern: den herrn stud. Ludw. Christfreund und Heinrich Laackman. Den herrn beamten der Paul. bibliothek, herrn Helmer insbesondere, bin ich für vielfache gefälligkeiten und erleichterung dieser arbeit zu vielem danke verpflichtet. Mit der geschichte des Westfälischen friedens beschäftigt, hoffe ich, dass diese arbeit die kenntniss des quellenstoffs einigermassen fördern werde. Die stücke, von denen mir augenblicklich keiner oder kein 2. abdruck bekannt, sind mit einem * bezeichnet worden.

Münster, 1873 Sept. 2.

Dr. Florenz Tourtual.

A = Cod. h⁶ 81ᵐ.

I. **Lusus anagrammatici** ex nominibus rev.^{morum} excell.^{morum} ill.^{morum} praenobilivm atque ampl.^{morum} dominorum, mediatorvm ac legatorvm in pacis vniuersalis per Europam tractatione Monasterii atque Osnabrugi commorantium, desumpti. Opera ac studio rhetorum gymnasii Pavlini societatis Jesv Monasterii. Anno quo DICVnt paX paX, qVVM non esset paX (Jerem. 8).[1] (= 1646). Monasterii Westphaliae, typis Bernardi Raesfeldii. (Auf dem titelblatt geschrieben: Bibl. J. Niesert, past. in Velen 1822, wie mir scheint, von Nieserts hand, welche ähnlichkeit hat mit der Alexanders VII. Vergleiche Tourtual Dispacci Ridolfi II.) 64 seiten. Hinten auf dem rücken des buches steht: De pace Westph. III Dissertat. IV 15513. Ein anderes exemplar auf dem königl. staatsarchiv in Münster, biblioth. 14,925.

II. Jvdicivm theologicvm svper quaestione, an pax, qualem desiderant protestantes, sit secundum se illicita? Ex principijs Christianis, sententiâ veteris ecclesiae, summorumque pontificum deductum: Iis, qui publica tractant, conscientiam suam curant, aut alienam dirigunt, lectu utile ac necessarium; operâ ac studio Ernesti de Eusebijs civis Romani; sumptibus et typis Theodosij de Sicecela Armona: Ecclesiopoli ad insigne pietatis Anno 1646. 62 seiten. Ein anderes, in der hauptsache gleiches, in der form der typen, der jahreszahl 1647 und einigen kleinigkeiten abweichendes exemplar im cod. bibl. Paulinae Monaster. h⁶ 81ʳ. Das titelblatt desselben trägt die hs. bemerkung: Auctor alijs dicitur Henricus Wagnereckius Jesuita Dilinganus alijs S. Biper confessionarius electoris Moguntini. Dagegen schreibt Gundling Gründlicher Discours s. 373 R das buch Fabio Chigi zu, der einen schönen Stylum führet, vid. Joh. Nic. Erythraeus.

*III. Responsvm theologicvm svper quaestione: An pax, qualem desiderant protestantes, quaeque nunc Monasterij et Osnabrugi tractatur, sit secundùm se illicita? Pro principijs Christianis, et veteris ecclesiae catholicae, summorumque pontificum ac SS. PP. sententiâ, in jvdicio theologico Ernesti de Eusebiis, ciuis Romani, explicatâ et demonstratâ, à quodam anonymo notis clanculariis oppugnata[2]). 1648. 174 seiten.

B, Cod. h⁶ 81ⁿ.

I. **Templi Pacis** Apud Monasterienses architecti primarii Siue Eminentiorum, ad vniuersalem Orbis Christiani Concordiam, vndequaque Legatorum, qui solemniore Ritu Pompaque voluêre, aut saltem potuêre in vrbem hactenus inuehi, è Tabula quasi loquentium Prosopopoeiae. Ita

---

1) Der Florentiner resident Atanasio Ridolfi, welcher seit 1646 sich in Münster befand, nennt den kongress eine girandola. Seine depeschen aus Münster an den Florentiner staatssekretär, abschriftlich in meinem besitz.

2) Gundling G. D. 373 R.: „Darwider schrieb Caramuel à Lobckowiz, von welchem etliche meynen, dass ihn Ferdinandus III. und Ferdinand Emanuel, Chur-Fürst von Bayern, darzu instigiret;

attemperatae, vt Eorum quisque se, vitaeque antcactae
functiones, Dominia, Munia, Dignitates, in speculo velut,
ad oculum, Speculatori Curiosiori, uno obtutu exhibeat.
Adhaec accedunt Symbola Columbina, siue Pacifica,
Vnicuique Legatorum, vt res et inclinatio ferre videbatur
Distichis afficta. Item Vice fastorum Pacis, attexitur An-
nus et Dies, Quibus Eorum singuli Monasterium subie-
runt. His demum Laciniae loco, additur Avrum Coro-
narium. Ad Aedem Pacis[1]), Legatis Pacificis, ob operam
bene collocatam, liberaliter erogandum. Omnia maioris
Operis linea prima. Operâ Johannis Cools, Hornâ-
Bataui, Operum Templi Pacis apud Monasterienses, ad
Biennium Publicae Pacis amore, Priuato suo aere Inspec-
toris. Anno 1646. Ich erinnere hier daran, dass die 4.
region Roms von dem friedenstempel Templum Pacis hiess.
Mit blasser tinte steht auf diesem titelblatt geschrieben,
links: Bibliothecae R. P. S. Crucis Strictioris Obs.ae, rechts:
Ministri Prouinciae Sax: ord. Minorum[2]) ao. 1646. Rechts

---

es ist dieses zugleich gedruckt mit des Chisii Schrifft de anno 1640.[80]
denn anno 1610 edirte Lobkowiz seinen pacem S. Rom. Imperii
licitam (steht cod. Paul. h6 81r pag. 222—360, trägt aber die jahr-
zahl MDCXLVIII) und liess es zusammen drucken, der Chisius
hingegen schrieb darwider seinen Anti-Caramuel. (Pacis Imperii
Prodromvs Scripsit Caramuel steht cod. Paul. h6 81r pag. 360—
383. In der überschrift über den einzelnen seiten wird er immer
Syndromvs genannt). Etliche meynen, der Chisius hätte es nicht
gemacht, sondern der Jesuit Wagenreck, welcher auch wider den
Conring geschrieben, denn die Jesuiten haben sich am meisten dar-
ein gemenget".

1) Das rathhaus.

2) Ueber diese provinz s. Compendium chronologicum provinciae Saxoniae S. Crucis ordinis fratrum Minorum S. Francisci Re-
collectorum. Accedit schematismus eiusdem provinciae pro anno D.
1873. Warendorpii typis Josephi Schnell. (1873). Nicht im buch-
handel. 124 und 48 seiten.

von dieser zahl steht mit schwarzer tinte FrL H✓ Mm[1]). Das büchlein ist gewidmet DEO OPTIMO MAXIMO, trino in personis uni in essentia, Deo pacis et vnitatis, non belli avt dissensionis, Deo templi hvivs primordia consecro, inscribo, deuoueo, Omnibus deinde ac singulis almae pacis, quotquot apud Monasterienses congregantur, quotquot hic nominantur Curatoribus etc. J. Cools. 31 seiten. Schluss: Pacificè Lector Haec lege, et si quid incorrecti obrepserit, gratiosè ob Autoris, cui Candor in delicijs et pro Symbolo, absentiam, apud Te excusa, ac virtute tuâ emenda. Auf dem freien blatte neben dem titelblatte steht geschrieben mit alter hand:

Chronographicum anni 1645. StabVnt IVstI In Magna ConstantIA aDVersVs eos qVI se angVstIaVerVnt[2]).

Anni 1646 (von derselben hand):

PaX VobJs trJstJtJa Vestra ConVertetVr in gaV-DIVM[3]).

Aliud: narraVerVnt MJhI JnJqVI fabVLatJones seD non Vt LeX tVa[4]). Hinten auf dem rücken des buches steht: Namen der Gesandt des Westp Fried Alia I[5]).

II. Verzeichnus Deren zu Münster vnd Ossnabrüg bey den Allgemeinen Friedenstractaten Anwesender Gesandten. Als Ihrer Päbstlicher Heiligkeit, dero Römischer Käyserlicher Majestät, wie auch der dreyen Cronen, Spanien, Franckreich, vnnd Schweden, Chûr-Fürsten, Ständt,

---

1) Fratris L. Habe Memoriam?

2) Buch der weisheit 5, 1.

3) Joh. 16, 20. Vgl. Ps. 29, 12. Die vulgata (ed. Loch minor Ratisbonae 1862 liesst vertetur.

4) Ps. 118, 85.

5) Ein 2. exemplar auf dem kgl. staatsarchive in Münster, biblioth. 14, 926; daran gebunden: Fabricae templi pacis architecti sacri opera Joh. Cools 1648.

vnd Reichs Stätten, sambt dero Niderländischen Prouintzen
respectiue hochansehentliche HErrn Räth, Pottschafften,
vnnd Abgesandten Nahmen vnnd Zunahmen, doch vnuer-
greifflich, wie dieselbige sich anjetzo an bemelten beyden
Ortern in Person befinden, vnd sich zu ehist möglichster
erhaltung des höchsterwünschten durchgehenden Allgemeinen
Friedens, täglich in Consultationibus vnnd beratschlagun-
gen selbigens höchstfleissigst bemühen. Im Jahr 1646.
Darunter mit alter hand: I. May. 19 seiten. Schluss:
Christian Schwartz D^r. (für Stralsund). Ein 2. exemplar auf
dem kgl. staatsarchive zu Münster, biblioth. 14,928, mit
mehren andern sachen zusammengebunden.

*III. Munsters Praetje. Deliberant Dum fingere
nisciunt. Gedruckt in't Jaer ons Heeren. 1646. 9 seiten.
Anfang: In plaets van u te schrijven uyt Munster, waerde
Vrient, soo schrijve ick dese uyt Deventer, hoopende op
morghen met seer goedt geselschap voor te gaen. Schluss:
Daer op rees eene groote aclamatie vant gheheele geselschap: Stokebrant wilder yet teghen segghen; maer de
Poort Klock begost te luyden: Also wierter noch eens
gedroncken op het goet Succes van een Vrede of Treves:
ende elck nam sijn Pack, ende daer mede te Scheep. Dit
is't gunt ick weer dich heb ghedacht van alle dat ghekout
u te schrijven. Vaer vel Deventer.

IV. Fransch Praetje. Sic vos non vobis[1]). Gedruckt tot Munster by Niclaes Staets, in't Jaer 1646. 10

---

1) Vergils verse: Hos ego versiculos feci tulit alter honores.
        Sic vos non vobis nidificatis aues
              vellera fertis oues
              mellificatis apes
              fertis aratra boues. S. Chri-
stophori Landini florētini in P. Vergilii interpraetationes poemiū ad
Petrū medicū magni Laurētii filiū. Liber collegij soc. Jesú monasterij aó 1613. Nurnberge 1492. Laackman.

seiten. Anfang: Myn voorgaende Brief, waerde Vrient, was uyt Deventer[1]), gheschrewen alleen voor u Particuliere curieusheydt: niet met intentie dat die in vreemde handen souden vervallen ende deur den druck al te ghemeen werden. Dies bidde ick ghy willet desen beter menageren niet datter veel aen gheleghen is: maer om dat ick niet gheern offensie soude gheven aen yemant, wat ick verhale[2]) sijn niet mijne sustinuen, maer van andere, na dat elcks humeur gheneghentheyt ende interest leght. Tot Munster ginck ick Logeren in't Witte Hart. Schluss: Dit gepraet duyrde tot inde nacht, andere dingen wierden ook op gehaelt, die de slaep my deden vergeten. Vaert wel, In Munster. Ein 2. exemplar steht D I.

*V. Reverendissimo et illustrissimo domino, d. Josepho ex commissario generali ordinis S. Francisci strictioris observantiae super provincias Germaniae et Belgij assumpto, Episcopo Syluaeducensi, electo Archiepiscopo ac Duci Cameracensi[3]), S. R. J. Principi, Comiti Cameracesij, etc. nec non regiae Catholicae Majestatis consiliario, ad generales Monasterienses pacis tractatus plena cum potestate legato, domino suo colendissimo, gymnasij Petrini apud Dürstenses nobilis et ingenua juuentus deuotissime applaudendo accinebat. Monasterii Westphaliae, typis Bernardi Raesfeldi, Anno 1645[4]).

---

1) Vgl. die vorige nummer. — 2) = erzähle.

3) Sein vorgänger Franz II. van der Burch 1615 Juni 14 — 1644 Mai 23. Joseph seit 1645 Februar 24. Er starb in Münster 1647 Oktober 24. Mooyer, onomast. 22. Den 24. Oktober 1647 gibt als sterbetag auch D XIXb, das theatr. Europ. 6, 304 sogar die stunde: abends 7 uhr. Moeller Bildnisse hat seinen tod falsch zu Okt. 12. Das comp. p. 43 hat Okt. 24 nach einer hs. des prov. archivs.

4) Das gedicht fällt 1645 vor Juli 5., da der erzbischof von

Dialogus elegiacus anagrammaticus. Ein gar drolliges ding. 11 seiten.

    Anfang: Moribus et vita, studijs, et Stirpe JOSEPHVS
           Fulgebat, Patriae Sol, Rosa, Gemma, Suae.

    Schluss: *Votum Anagrammaticum.*
          Jhesu vi et pace saluti monstra viam.
          Id orat, et nobiscum supplex petit.

Gramma.

Monasterium Ciuitas Westphaliae.

Unten rechts steht mit alter hand: hoc Anagramma postea traxit ad se Gymnasium Paulinum Monasteriense apud Patres Societatis in carminibus dicatis Legatis, idque male praecessit n. (so) eorum carmina integro anno. Auf die rückseite ist von alter hand geschrieben:

Epigramma ad Ludouicum Decimum quartum Galliae Regem Christianissimum, aetatis annum Octauum agentem[1]) PHILIPPI quarti Catholici Regis ex Sorore nepotem ao. 1646.

    Ludouice tuum num ludo hac vice PHILIPPVM
      Vinces? nam puer es Vir generosus. Iter
    Accipe. sub pariili (so) certatis nomine quarti
    Hispanum at superas paruule GALLE decem.

Kammerich an diesem tage bereits den Peñeranda in Münster feierlich einholt. (Theatr. Europ. 5,826 hat den 25. Juni.) Diese nachricht wird gegeben durch nég. secr. 1,376 (brief das. vom 8. Juli 1645), wo der brief die ankunft Peñerandas auf den 5. Juli ansetzt. Abweichend lässt Contarini relaz. 42 Peñeranda einige tage eher als Kammerich in Münster sein, ohne zweifel ein gedächtnissfehler.

    1) Ludwig XIV. feierte am 5. Sept. 1714 seinen 77. geburtstag (war also 5. Sept. 1638 geboren) Fr. Aug. Gfrörer Geschichte d. 19. Jahrh. Schaffhausen 1862, 1,442.

Aliud.

Vincere cur tentas dominè Ludouice Philippum
Vicus erit ludo[1]), vincere si potero
Lippum[2]) reddidero.

*VI. Placaet Vande Hooge ende Mogende
Heeren Staten Generael der Vereenigde Nederlanden / Inhoudende Verbodt dat gene Jesuyten / Prie-
sters / Papen / Monicken / of andere geordende Personen
vande Roomsche gesinden / in dese Landen en sullen mogen komen ofte verblijven / etc. Vorder dat niemandt eenige
Conventiculen der Papisten sal mogen frequenteren / ofte
eenige Pauselijcke superstitien exerceren / noch oock gene
kinderen ter Schoole te senden of te legghen in eenige
Steden / plaetsen / Vniversiteyten / of Schoolen / onder't
gebiet vanden Coningh van Spangien in Vyanden Landen /
of in andere Jesuyten Collegien: Mitsgaders geene Collec-
ten of vergaderingen van Gelde / Gout / Silver / gemunt
ofte ongemunt / ofte andere goederen ofte Waren / voor
ofte ten behaeve[3]) van eenighe Gast-huysen[4]) / Gheestelijcke
ofte andere Collegien / of Conventiculen te doen. Verbiedende wijders de t'samen-wooninghen van de kloppen ende
haer bedrijf[5]) / Item dat gheen Wees-kinderen (welckers
Ouders / ofte een van deselve is geweest vande Gerefor-
meerde Religie) sullen worden opgevoet[6]) by Papistische
Vooghden / en eyntlijck scherpelick verbiedende alle con-
niventien ende andere quade[7]) ganghen vande Officiers.
Mit dem Niederländ. wappen, einem aufspringenden, nach

---

1) Wortspiel auf Ludovicus, wie vorher.
2) Triefaeugig, verschroben; zugleich auf Philippum hinweisend.
3) = behufe.
4) = armenhaus, unter geistlicher leitung. Sauer.
5) wirthschaft, administratio. S.
6) nutrire. S.
7) schlecht. Vgl. Ficker. Münst. chroniken wortverzeichniss.

rechts blickenden löwen, mit ausgereckter zunge, die krone auf dem kopfe, in der rechten ein schwert, in der linken den 7 fachen doppelpfeil. Na de Copye, In's Graven-Hage, By de Weduwe, ende Erfgenamen van wijlen[1]) Hillebrandt Jacobssz van Wouw, Ordinaris Druckers vande Ho: Mo: Heeren Staten Generael. Anno 1641. 6 seiten, mit dem datum: in's Graven-Hage, op den dertighsten Augusti sestien-hondert en eenenveertig (1641 Aug. 30). Was geparapheert / Fr. van Aerssen[VI.] Onder stont / ter ordonnantie van deselve. Geteeckent / Cornelis Musch[2]). Zijnde op't spatium gedruckt het Cachet[3]) der selver Heeren Staten / in rooden Wassche.

*VII. Ballet dansé a MVNSTER sur la nouuelle de l'heureuse naissance de Monseigneur Le Conte de Dunois, au mois de Feburier 1646. Mit dem Bourbonschen wappen, den 3 lilien. Auf diesem titelblatt steht von alter hand geschrieben, als erklärung zu Dunois: Ducis de Longeville[4]) ex filia Principis Condaei, filij primogeniti quae Ducissa ex Gallijs ad maritum iuxta Ciuitatem hanc[5]) in Castro Wilckinghege[6]) appulit 23. Julij anni 1646[7]), progressis ei obviam marito et alijs Galliae Legatis: eodem tempore Vesaliae cum Exercitu 5000 transeunte Comite Touraine[8]) Generali Francico ad coniugendum se Suecico Exercitui Sub Wrangel in Hassia periculose constituto cui

1) weiland.

2) Viele urk. bei Aitzema sind von Musch unterzeichnet. A.

3) Pettschaft.

4) Ein Franzose hätte wohl Longueville geschrieben.

5) = Münster.

6) Eine Stunde vor dem Neuthor.

7) Dies stimmt genau mit Jolly Voyage, der dens. tag hat. Nach Jolly zieht Turenne am 20. Juli bei Wesel über den Rhein. Die nég. secr. 3,258 lassen die herzogin am 31. Juli dann in Wesel sein.

8) Ein Franzose würde Turenne geschrieben haben.

Generali et hi Pacis Legati in Halteren (nicht weit von Münster) sunt locuti. Detrectauit ingredi statim Ciuitatem Ducissa ob variolas infantibus valde communes. Venit tamen post quindenam (Juli 28). Das merkwürdige büchlein hat 22 seiten.

*VIII. Ein willkommen für den erzbischof von Kammerich. Illustrissimo et Reverendissimo Domino D. Josepho ex commissario generali ordinis S. Francisci de obseruantia super prouincias Germaniae et Belgij assumpto episcopo Buscoducensi, electo archiepiscopo ac duci Cameracensi, S. R. Imperij Principi, comiti Cameracesij etc. nec non regiae catholicae majestatis ad pacem universalem legato plenipotentiario, patri suo colendissimo hoc syncharmate applaudunt deuotissimi filij fratres min. strict. obseru. conuentus Coloniensis ad Oliuas. 1 blatt. Typis Hartgeri Woringen. 1645. Vgl. Bv.

*IX. Ad Pontificem Maximum, (Innocentium Decimum beigeschrieben von alter hand) ad Imperatorem, (Ferdinandum tertium beigeschrieben von alter hand) Reges, Respublicas, Principes, et Terrarum Dominos. Pro libertate Sereniss. Infantis Eduardi libellus supplex. Zur erklärung von Eduardi ist mit alter hand hinzugeschrieben: Jois (Johannis) 4 contra Philippum Quartum Hispaniarum Regem ex reuolutioue Regni Portugalliae assumpti Regis, Vterini fratris. 4 seiten. Anfang: Proclamat in libertatem Sereniss. Infans Eduardus, nota sunt ejus vincula[1]), nota infortunia, notum quot (so) patitur; Caussam movet pietas, agit innocentia, defendit fides et justitia. Haec est rerum, et fortunarum summa. Schluss: Vos

---

1) Ridolfi meldet 1641 Juni 25 aus Regensburg an Gondi: Il S. D. Duarte di Braganza da Porta é stato trasportato à Gratz. Vgl. Ridolfi 1641 Juni 18 aus Regensburg an Gondi, Tourtual Dispacci Ridolfi 151, 145.

Sereniss. Reges, Principes, Respublicae, **ac** Excellentiss. et
Illustriss. eorum legati operam Vestram piè et justè pro
insontis defensione impendite, liberate virum Principem
vinculis impiè et injustè detentum, et insontem in libertatem eripite. Et vobis hoc egregium facinus universus
orbis gratulabitur, et ex eo generalis pacis exordium et
progressum felicissimum auspicabimur. Natürlich Franzöz.
machwerk. Der glossator stand ohne zweifel auf kaiserlich-
Spanischer seite. Joh. IV. ward 1640 Dezb. 1 ausgerufen.
Nani, 1,659.

*X. Nederlandt'schen Droom / ofte wonder-
licke Uisionen / ten toone ghestelt[1]) tot opweckinghe van
alle trou-hertighe lief-hebbers des vaderlandts. Door **D. V. B.**
Ein blatt.

*XI.ᴴˢ· Ex Registro Capituli Ecclesiae Metrop.ⁿᵃᵉ
Cameracensis Die Veneris 27.ᵃ Julij 1646. 3 seiten.
Anfang: Anno Dñi 1646.ᵗᵒ die 27.ᵃ Mensis Julij Reu.ᵈᵘˢ
Dñs Ladislaus Jonnart Presbiter J. V. Licentiatus, huius
Ecclesiae Metropn.ᵃᵉ Cameracensis Decanus et Canonicus,
Capituli Magnus Minister, et sedis vacantis[2]) Vicarius Gene-
ralis Procurator et Procuratoris nomine Ill.ᵐⁱ et Reu.ᵐⁱ Dñi
in Christo Patris et Domini D. Josephi Bergaigne Archie-
piscopi Cameracensis postulati et confirmati personaliter
comparens coram Venerabilibus et circumspectis D. D.
Praeposito et Capitulo dictae Ecclesiae Metrop.ⁿᵃᵉ Camerac.
Capitular. congregatis exhibuit procuratorium cum literis
Apostolicis etc. Schluss: Praesentibus quoad ea quae in
Choro acta et gesta sunt Discretis Viris Magistris Joanne

---

1) in ton gesetzt. S.

2) Sedisvacanz in Kammerich von 1644 Mai 23, wo Franz II.
van der Bruch †, bis 1645 Februar 24, wo Joseph von Bergaigne
erwählt wird. Dieser Ladislaus Jonnart wird 1671 April 4 selbst
bischof und regiert bis 1674 September 22.

de Buissy, Nicolao Foulon, Joanne Richart, et Mattheo Sergeant Praesbiteris saepedictae Ecclesiae Metrop.^{nae} respectiue Magno Vicario et Capellanis testibus et Paulo infra, et me Fr. Villani Secretario et Notario.

C. Cod. h⁶ 81°.

Vorn steht geschrieben

Collectio rara, in qua Edit. origin. Tractatus Pacis Westph. Monast. 1648[1]).

*I. **Fama bonum** sive tuba prodroma pacis Hispano-Batavae. Ebuccinata candidè, in destinato praefectoque Paci Vniuersali Amphitheatro Monasterij, mox atque subscriptionem articulorum pacis, sub seram altamque vesperam diei trigesimi, mensis Januarij, 1648 inter illustrissimo = excellentissimos Hispaniarum ac Ordinum Generalium Foederati Belgij legato-plenipotentiarios solemniter feliciterque vtrinque fieri contigit. Animâ et auctore praepropero **Johanne Cools,** J. C. Hornâ-Batauo, negotiorum pacis, quadriennali consequenter, publicae pacis amore, priuato suo aere, inspectore. Anno 1648. Monasteri Westphaliae, typis Bernardi Raesfeldi. 28 p. Auf dem titelblatte steht: Bibliotheca J. Niesert past. in velen. Hinten auf dem rücken des buches steht: Tractatus Pacis Mon. 1648. Edit: Orig. et Alii Tractat rarissimi II.

II. Tractatus pacis inter catholicam suam maiestatem et dominos Ordines Generales Prouinciarum Vnitarum inferioris Germaniae. Signatus vtrinque 30. Januarij: ratihabitus et iuratus 15. Maij; publicatus 16. eiusdem

---

1) Wohl II. damit gemeint.

mensis, Monasterij Westphalorum, anno 1648. E Gallico et Belgico sermonibus, subrogatis subrogandis, aliisque nuspiam antehac editis, in Latinum, nunc primum, tenuissimo filo, optimâ fide, **magnatûm legatorumque auctoritate et inuitatu,** translatus à **Johanne Cools** J. C. Horna-batauo, negotiorum pacis quadriennali, publicae pacis amore, priuato suo aere, inspectore. Accedvnt **acta quatridui** sive solennitates ratificationum, iuramenti, publicationis aliaque mox illas consecuta solennia. Auctore praepropero, plerorumque, si non omnium, oculo aut aure, translatore, qui suprà. Monasterii Westphaliae. Typis Bernardi Raesfeldii, 1648 ipso mense Maij. 63 p. Ein 2. exemplar auf dem königl. staatsarchive in Münster, biblioth. 14,927[b]. Vgl. Aitzema 6,532—552 (verdruckt 572). Die ratifikazionen stehen Aitz. 6,553—554 (verdruckt 552) u. 6,554 (verdruckt 552) —555. Ders. vertrag auch DXIX 1—24 ohne ratifikazionen, Holländ. Wicquefort établ. I. 2,168 -184 n. XLIII. Französisch.

III. Copia (Holländisch) d. d. Lingen d. 13. Augusti Anno 1648[1]). Vnder stondt: Rutger van Hars-

---

1) Den zusammenhang gibt Goldschmidt Lingen s. 120: Nachdem bereits am 15. Juli 1648 die pfarrkirche zu Lingen weggenommen und bald darauf die altäre demolirt worden waren, erliess prinz Wilh. II. unterm 28. Juli ein edikt, dass er gutgefunden, die Römischen kirchen im lande Lingen zu reformiren und von allen spuren des papstthums zu säubern; wobei er dem drosten befahl, dies sofort in's werk zu setzen, den papen oder pastoren anzusagen und zu befehlen, sich aus den kirchen zu enthalten, die gesäubert und bis auf weitere ordre geschlossen werden sollten. (Urk. 17). Unter demselben datum (28. Juli 1648) erliess der prinz eine authorisation an den drosten und rentmeister, die geistlichen güter in besitz zu nehmen. (Urk. 18). Der drost Rutger van Haersolte sandte dann auch unterm 13. August desselben jahres befehlsschreiben an die vögte zu Lingen, Mettingen, (n. o. Ibbenbüren in Oberlingen) u. s. w. unter androhung von suspension, den pastoren u. s. w. bei strafe

holte[1] Droste. Anf.: Alsso sien hockheidt, myn heer de Prince van Orangien, folgende het exempel van die heren Staten

---

von 100 goldgulden (damals 2 flor. 14 stb.) alle kirchendienste zu untersagen, ihnen die schlüssel der kirchen, die urkunden u. s. w. abzufordern, nach wegschaffung der bilder die kirchen zu schliessen, und die schlüssel ihm zu überliefern, auch den pastoren zu gebieten, binnen 8 tagen haus und hof zu räumen. (Urk. 19). Diese ordonnanz wurde in mehren kirchspielen, welche der drost sammt andern Oranischen beamten („ministern") bereisete, mit strenge ausgeführt, und es mussten hier und dort schon am 15. August (im selben Monat) am feste Mariä himmelfahrt, die katholiken ihre kirchen abgeben, aus welchen sie jedoch die altäre und andere mobilien, welche zum reformirten Gottesdienste nicht passten, und die der drost u. s. w. wegräumen liess, in besitz nehmen konnten, wie es wenigstens der frau von Reede zu Lengerich für die dortige gemeinde gestattet wurde.

1) Goldschmidt Lingen s. 111 lässt der prinz von Oranien 1633 Jänner 5 Lingen durch den drosten Rütger von Haersolte in besitz nehmen, die festungswerke ferner abtragen und den boden ohne weiters der stadt übertragen; wornach die staaten von Overyssel dem prinzen unterm 8. Febr. die §. 27 gedachte vollmacht erneuerten. (Diese war zuerst ertheilt Zwolle 1625 März 20 und bestand darin, über stadt, schloss und grafschaft Lingen mit allen gerechtigkeiten und zubehörungen testamentarisch verfügen zu können. Diese besondere verwilligung, octroy ende speciel consent, hatten ihm die ritterschaft und die städte der Generalstaaten durch die lehnkammer am genannten tage ertheilt. Cocceji etc. Disq. II. Byl. J. S. 425). (Goldschmidt s. 97). Ich zweifle nicht, dass dieser mit unserm hier derselbe ist. Nach Goldschmidt s. 111 anmerk. 6 war dieser R. v. H. herr zu Harst und Ostervenne. Ein R. v. H. zu Westervelt kommt 1639 als domänenrentmeister von Lingen vor. Ersterer, mit dem beisatze: herr von Staverden, wurde laut acta d. d. Gravenhage 12. Mai 1653 unter dem prinzen Wilhelm Heinrich von neuem zum drosten gestellt und angenommen. Noch findet sich einer desselben namens als drost von Salland, welcher 1668 des drostamts entsetzt und des verbrechens der beleidigten majestät schuldig erklärt wurde. Allgem. geschichte der verein. Niederlande 51. bd. §. XXVII. Goldschmidt s. 111 anmerk. 6. Der drost Harsholte, welcher (Goldschmidt 123) 1648 unter strafe von 20 goldgulden

general u. s. w. Hs.[1]). An der seite steht geschrieben mit anderer, alter hand: Ex tota praefectura Syluaeducensi,

---

verbot, die kinder katholisch taufen zu lassen, ist ohne zweifel der unsrige. Es geschah aber doch, weil man, wie der erzpriester angemerkt hat, Gott mehr gehorchen müsse, als den menschen. Unter dem von Goldschmidt abgedruckten erlass Rutgers van Harsholte steht: pro vera Copia, Herm: van Mönster Notar: publ, manu propria.

1) Einen abdruck dieses erlasses gibt Goldschmidt Lingen s. 587 n. 19 unter der überschrift: Befehl zur räumung der kathol. kirchen und pastoraten u. s. w. vom 13. August 1648, nach einer vidimirten kopie im erzpriesterlichen archiv zu Lingen. Dieser abdruck stimmt mit unserer hs. bis auf kleine abweichungen, doch steht in der Paulin. hs deutlich Rutger van Harsholte unterschrieben, welches mir richtiger scheint. Auch Sauer hält die Paulinische hs. für besser als die Lingensche. Die Paulinische hat auch deutlich: dem Pastorn statt den Pastoorn.

Es ist interessant zu sehen, dass an den drosten 2 befehle des prinzen vorliegen, und zwar vom selben datum. In dem einen befiehlt (Goldschmidt 17) Wilhelm von Oranien dem drosten nur, de Papen oft Roomsche Pastoren ende Capellanen an te seggen, ende te bevehlen, dat sij har vordan vit de Kercken ende Capellen süllen onthouder (wohl statt onthouden), sonder eenige dienst mer te plegen, oft har met eenige kercklijcke saecken aldaer meer te bemöyen, doende voortz de Kercken ende Capellen süijveren (= säubern) ende reijnigen van alle vestigien des Pausdoms, ende houdende deselve geschloeten tot Onse naerdere ordre. Hiermede Edele Ehrnfeste discrete lieve getrouwe, blijft Gode bevolen. Aen Drossant van Lingen. U goodé Vründt G. Prince d'Orange etc. Dies ist offenbar ein offizieller befehl, wogegen ich den zweiten, der viel weiter geht, keine adresse und keine unterschrift trägt, für einen geheimen halten möchte, den der prinz nöthigenfalls wieder verläugnen konnte. Dieser, n. 18. bei Goldschmidt, ist aus dem provinzialstaatsarchive zu Münster, konzept, entnommen und trägt die aufschrift: Authorisatie voor den Drossaert en Rentmr. van Lingen, tot het nemen In possessie alle de geestelijck Goederen van seluen Graeffschappe In date 28. Julij 1648. Dieser befehl lautet noch ganz anders. Nachdem zuerst die nothwendigkeit des reformirens ausgesprochen, wird fortgefahren: en dijenvolgende noodich dat alle de Goederen gehoo-

terra Cuick, Baronatu Bredano, Bergen opssom, terra Ling. statim post conclusam infaelicem pacem omnes Ecclesiastici et religiosi proscripti fuere, aliquot centenis parochijs Caluinistico Exercitio traditis. Darunter mit anderer, wie mir scheint, neuerer hand, neben der urkunde geschrieben: allhie light der haas.

*IV. Forma iuramenti praestiti a legatis Hispaniae Comite de Penaranda et domino Antonio Brun in domo Ciuica 16. Maij Sabbathi die anno 1648 Monasterij. Spanische hs. Juramos-Inuiolablemente.

*V. Olea pacis Belgicae, ceu Hispano-Batavae, in praeclarâ ciuitate Monasteriensi Westphaliae metropoli a serenissimi, potentissimi etc. Hispaniarvm ac Indiarvm etc. regis Philippi Quarti reuerendissimis, illustriss. generosiss. excellentissimis dominis legatis plenipotentiariis; nec non ab illustrium, praepotentium Vnitarum ac Confoederatarum Belgicarum Prouinciarum dominorum statvvm praenobilibus

---

rende tot de voorn. Kercken en Cappellen als me die tot de Pastorien en andere geestel. beneficien en Coosterien gelegen en gefondeert jn onse voorn. Graeffschappe van Lingen t' sij waer de goederen mochten gelegen sijn, uijt onse name werden aenvaert en geadministreert, Soo lasten en authoriseren Wij hiermede den Drossart en Rentmr. van onsen voorn. Graeffschappe van Lingen, omme de Pastoren, Canonicken, Cappellanen en andere geestel. Persoonen en Possesseuren van dijn aff te vordern hare bescheeden, fundatien en titulen nevens hare manualien Rekeningen en andere minumenten, geene uijtgesondert, ende voorts alle deselue goederen ende die daer van dependeren offte daer aen gehooren te volgen, uijt onse namen te aenvaeren en daer van behoorlick possessie te nemen, Sullende de voorn. onse Gecommitterde tot dijn eijnde alle Pachters Rentholders (?) en andere die yets aen de voorn. Cloosteren pastorien en andere geestel. persoonen moeten betalen en schuldich sijn, aff vorderen hare pachtcedulen en quijtancien offte Copie authenticque vandijen, ons doende van alles pertinent rapport nevens ouerlevering van haer schrifftel. verbael. Act. Ins Gravenhaghe desen 28. Julij 1648.

generosis, excellentissimis dominis legatis plenipotentiariis, inuiolabili foedere erecta Anno Deo trIno et VnI honor, VIrtVs, gLorIa: et in terrâ paX hoMInIbVs bonae VoLVntatIs. = 1647. Encomiorum, epigrammatum, anagrammatum, acrostichidum, chronostichorum etc. frondibus, ac coronâ Heliconiâ ex Musarum emblematibus, votis ac symbolis variato metro, per chronologias, ac sacrorum profanorumque authorum floribus interstincta, ed adornata.

Opera et studio R. P. **Aegidii de Vriese** Transisulani[1]) ord. S.+ Prior = Osterberg. cum Monasterij in causa ordinis ageret. Coloniae typis Henrici Kraft Anno 1648. — 34 p. P. 10 ist bei Bergaigne in dem satze venit ad vrbem anno 1645. 8 Julij, das Julij durchgestrichen und Junij an den rand geschrieben; sein mit 28. Oktober 1647 angegebener todestag ist in den 24. richtig verbessert. (Vgl. die hs. bemerkung in den Articulen seite 25 des cod. Paul. Monast. h⁶ 81,ᴾ wo es ausdrücklich heisst 1647 Oktober 24 abend). P. 12 ist bei Brun falsch mit alter hand bemerkt: Obijt Hagae Comitum legatus Regius. Anno 49. Brun lebte vielmehr, wie sich aus Aitzema Zaken 7,1014 ergibt, noch 1653 Okt. 7 u. nach Wicquef. II, 1,204 noch 1654.

*VI. D e o S a l v a t o r i immortali invisibili soli pacifico D J. Ferdinando Austriaco Caes. semper Augusto, invictiss. Philippo IV. Hispaniar. regi catholico cum inclytâ republicâ septem-Provinçiali, donante Deo, probante Caesare, plaudente populo aeterno foedere pacificato tractatui praesidentibus Monasterii Westphalorum D. Caspare de Bracamonte Penerandae comite et D. Antonio Brunio regis consiliario, legatis fecialibus votvm pvblicvm[2]). Ein gedicht, unterzeichnet Speautre. 1 blatt. An einer stelle mit alter hand nebengeschrieben: Est Cardinalis Mazarini.

---

1) Overyssel.

2) Da der friede zwischen Spanien und Holland 1648 Jän. 30 unterzeichnet wurde (Contar. rel. 82. Nani 2. 215. Articulen u. s. w.

*VII. Petitionis Gallicae de circulo Bvrgvndico a pace imperii exclvdendo deque ope ex imperio ei non ferenda refvtatio. 1648. 16 p.

*VIII. De successione regni Portvgalliae dissertatio juridica; in qua jus Philippi ser.^{mi} Hispaniarum regis prae Braganto iam intruso astruitur et impostura Lusitanorum in suo nupero manifesto variè detegitur. Authore **R. H.** juris ciuilis doctore **Anglo.** Brugis Flandrorvm, ex typographia Nicolai Breygelij. 1643. Cum gratia et priuilegio suae catholicae majestatis. 120 seiten. Die widmung, unterzeichnet F. Angelus a Sancto Francisco inter fratres minores minimus, ist gerichtet Excellentissimo Domino D. Francisco de Mello, tvrris de Lagvna marchioni, Assumarensivm comiti, Belgarum Burgvndionvmque proregi, generali castrorum regis catholici praefecto etc. (Francesco de Melo war statthalter der Niederlande von 1641—1644. Tourtual Dispacci Ridolfi 326. 327.) Die zensur des buches hat unterzeichnet B. de Crits canonicus archipresbyter Brugensis et L. C. Dann folgt: Fr. Petrvs Marchant, totius Ordinis S. Francisci diffinitor, et super prouinciis Germaniae, Belgii, et annexis commissarius generalis reuerendo P. F. Angelo a S. Francisco prouinciae nostrae Angliae in Belgio commissario salutem. Cum ad tuas manus peruenerit quidam liber cuius titulus etc: pro quo instatur vt praelo committi possit, tibi harum virtute committimus vt dictum librum praelo cures dari, accedente tamen prius auctoritate legitimâ censorum ordinariorum iuxta decreta SS. concilii Tridentini. Actum in nostro Bruxellensi conuentu 17.ª Aprilis 1643. Es folgt

---

in D s. 31) und Peñeranda 1648 Juli von Münster abreiste (Contar. 86), Brun noch 1648 August 6 zu Münster ist (Aitzema 6,738), Bruns anwesenheit in Münster 1648 Juli durch Contar. 86 bezeugt ist, so fällt dies gedicht zw. ende Jänner 1648 und Aug. anf. 1648.

die summa privilegii. Regis priuilegio cautum est, ne quis typographus aut bibliopola, aut alius hunc librum cui titulus etc. intra sexennium vllo modo imprimat, vel imprimere curet, aut alibi impressum in has ditiones importet, venalesvè (so) habeat, sine expressa licentia et consensu Gvilielmi Roose mercatoris Neoportensis, sub poenis in diplomate dicti priuilegii contentis, dato Bruxellis in consilio priuato 13. Junii 1643, signato de Robiano. Et in consilio Brabantiae die 12. Maji ejusdem anni, signato A. Happart. (Gerade zwischen diese beiden daten fiel die für Melos so unglückliche schlacht von Rocroi, Mai 19, in folge deren er als statthalter der Niederlande entlassen wurde. S. Tourtual a. a. o. 327). Es folgt weiter: Tibi Nicolao Breygelio typographo Brugensi impressionem huius libri committo hac 18. Junii 1643. Guilielmus Roose. Folgt weiter der brevis elenchvs praecipve contentorvm in hoc libello. 62 nummern.

IX. Pro pace perpetva protestantibus danda consultatio catholica: avctore Irenaeo Eybulo (über das Ev ist NE geschrieben) theologo Austriaco. Mit neuerer hand auf das titelblatt geschrieben Auctor Hermann Conring[1]). Lucae XIX. 42: O si cognosceres tu, et quidem in hac die tua, quae ad pacem tibi: nunc autem abscondita sunt ab oculis tuis. Als titelvignette der doppeladler mit der krone, neben welcher die legende: RENOVABITUR, worüber geschrieben DEPLVMABITUR und darunter: NERO TVRBAVI; letzteres ein anagramm von **renovabitur.** 1648 Fridebvrgi, apud Germanum Patientem. Daneben geschrieben: capitis Vertigi. . 35 seiten, zu stark beschnitten.

---

1) Ein gleicher abdruck steht cod. Paul. Mon. h6 81r p. 673, ebenfalls mit der hs. bemerkung auf dem titelblatte: author est Hermannus Conringius; p. 675 ziemlich stark beschädigt, ebenso p. 679.

Voran die praefatio Jacobi Lampadii, dvcvm Brvnovicensivm et L. ad comitia Osnabruggensia et Mon. legati. Anf.: Accepi ante pauculos dies (1648 April 1. hälfte) ab amico refutationem Judicii Theologici, quod superiori anno (= 1647) Monasterii edidit Eusebius Tenebrio. Simulatque perlegere coepi, mirificè arrisit Irenaei (eo se nomine indigitat) et eruditio et moderatio animi, et erga Rempublicam amor. dignissimus igitur visus est labos, qui truci ac saevo Eusebii Tenebrionis Judicio opponeretur. Si Tenebrio noster, si vehicularius et ponderator eruditione ac subinde in scripturis depredicata charitate cum Ireneo coinciderent, nec adeò coegissent doctissimum virum aliosque truculentam illam imperitiam retundere; ab optimo quoque pluris aestimarentur . . . . Cum igitur Theologus noster, cùm vehicularius et ponderator nil nisi bella vehant, spirentque caedes, excidia, flammas; meritò sciscitemur, cujus afflatu immitia illa capita suam Theologiam, Vehiculum et Ponderationem didicerint. Consultationis autor Irenaeus mihi nondum innotuit: quisquis sit, multijugae eruditionis virum, multisque egregiis dotibus praeditum esse confiteor. Subiit quidem mirari, Irenaeum, quem Musae gratiis comitatae undequaque eximium fecerunt, eam religionem, quam divinitus illuminati prophetae ac apostoli promulgarunt, quamque Evangelici in Germania, abjectis Romani praesulis additamentis, mutationibus et abusibus, unicè profitentur, haeresin appellâsse: nolui tamen committere, ut propter immerita nomina magni aliàs viri solidissima consultatio minus extaret: naevus videlicet in formoso corpore non omnino tollit pulchritudinem, quae ego propterea adjicere volui, ne quis me autorem operis suspicetur, quod ego ignoti autoris opus bibliopolae typis excudendum subministrarim, mevè alieni laboris fructus intercipere voluisse. Si Deus vitam et otium suppetierit, et ipse ostendere conabor, quanta sit quibusvè illigata limitibus supremi magistratus circa religionem potestas. Dabam Osnabrugis 4. Aprilis styl. vet. 1648. Dann folgt typographus lectori S. P. Quum primum prodierunt Judicium theologicum et ejus vehiculum: Irenaeus noster non credidit digna esse confutatione, sed contemptu, eo quod contra torrentem communis sententiae, quam hactenus tot imperatores, reges, principes, episcopi, clerici, theologi, jurisconsulti, et optimi doctissimique laici sunt secuti, niterentur. Observavit tamen postea preter exspectationem illis chartis turbari imperitiorum, zelo tamen catholicae fidei ardentium, animos, idque magno publico tranquillitatis malo, quippe cui illis scriptis nihil magis potest adversari. Confutationem itaque hanc Judicii theologici et haud paulò meliorem consultationem exaravit. Nomen dissimulavit; quod exemplo praeiverint adversarii: proditurus tamen illud, ubi aperta fronte alii pugnaverint, aut res idipsum exposcere videbitur. Rationem cum ratione contendere enim magis ex re veritatis est, quam à persona capere praejudicium. Quod si sanè seposito amore et odio, quae hic dicta sunt, cum aliorum ratiunculis conferantur, non dubitamus etiam illos, quos fluctuare fecerunt illi alteri libelli, prono in pacem publicam animo fore, et qui hactenus negotium pacis summo studio curaverunt, à calumniis et convitiis adversariorum satis defensos esse. Der epilogus s. 35 sagt: Haec licet pauca (nisi admodum fallor) sole clariorem fecerunt levitatem argumentorum, quibus usus est auctor Judicij theologici. Prorsus eadem verò, alio licet ordine, repetiit auctor Vehiculi. Neque enim vel ratiunculam addidit novam, etsi multum fecerit verborum eadem bis térve ingeminando. Contra illum igitur seorsim agere non videtur operae esse pretium: praesertim in tam perspicua veritate. Deum Opt. Maximum rogo, ut animos illos à pace aversos melioribus sententiis instruat, quò desinant tandem reluctari bono publico, et aliorum optima consilia turbare. Idem tandem aliquando recondat gladium irae suae in vaginam, ac misereatur afflictissimae Germaniae[1]), reddita illi perpetuâ et stabili pace. Finis.

*X. Der Schwedische Jäger in Teutschland. 1648. 16 seiten. Anfang: Nachdem sich der Schwedische Legat Herr Saluius, etlich tag vbel zu pass befunden / vnd sein zustand von dem Medico für ein statuosa ex multis et grassis humoribus, teutschen schweiss vnnd bluts contracta melancholia, erachtet worden / wie dan die obstructiones in hypochontriis, vnd darauss generirte nebulosi spiritus (wie es dan der Medicus nente) durch welche er in nächtlicher ruhe / turbirt würde / zuerkennen geben. Vnd nach angewenten mittlen / jhme ein Aderlasse / vnd gutes exercitium animi / mit einer solchen recreation / darinnen er sich etwan mehrmals zu delectiren pflegte / gerahten worden. So ist eben à tempo kommen / der Schwedische vnder Jägermeister Herr Essken / welcher vom Schwedischen obristen Jägermeister H. Wrangel / zu H. Graffen Ochsenstirn / als principal Legaten geschickt worden / anzuzeigen / was für einen guten Wiltpann er angetroffen / von roth vnnd schwartz Wildprät / auch mittelstücken / Rehe / vnd Dänle[2]) / in Wirtenberg: Im Land Beyern aber viel Schwein / vnd Dachssen: In Francken ein menge dess kleinen Weydwercks / sonderlich von Caninchen / Baum- vnd Werthhasen / etwas von Brandfüchsen / Auch Königlin am Rheinstrom: An der Elbe gab es Bären / Luchsen / vnd vnderschiedliche arten von Renicken / auch Westphälische Igel. Vnd referirte / dass man zwar von solchen dapffer heraus bürsten vnnd hetzen thue / es würden auch viel von hunden zerrissen / vnd von den Jungen zu holtz geschossen / dass

---

1) Vgl. Johann Klai, Irene 1. 2.
2) Damhirsche.

zu besorgen / es möcht sich das Wildt verwanderen / vnnd
dem Weidman das glück entgehen / dan es heist:

> Weidman vnverdrossen
> Hat oft dess Wildprets genossen.

Bedachten sich hierüber ein Hauptjagen anzustellen /
vnd zwar frühezeitig / ob schon die Hirschfeiste noch nit
vollkommen were / damit dem patienten diese recreation
widerfahren möchte.

Weil nun aber der oberste Jägermeister noch immer
fort dem hohen Wildt per desultorios nachsetzen thete /
wolte H. Graff Ochsenstirn sein zeit in acht nehmen / vnd
das gejägt lassen fürgehen.

Erstlich bestelte er einen versuch zuthun / durch
den Forstmeister S. W. G. weil solcher das holtz nun in
drey Jahren wol durchzogen / vnd des Wildtprets stand vnd
läger am besten wüste: mit seinen Forstknechten B. W.
vnnd H. F[1]). die theten das jagen umbziehen mit dem
Leidhund Satisfactio militiae genant / funden u. s. w.

D. Cod. h^6 81^p.

I. **Fransch Praetie.** Sic vos non vobis[2]). Ghedruct
tot Munster by Niclaes Staets, int' Jaer 1646. 22 seiten.

---

1) Marschal herzog von Guébriant kommt nach Deutschland
mindestens 1641 Jänner Pufend. 434 b, wonach er sich von Baner
1641 Jänner trennt. Bougeant lib. VI. §. 28. und Theatr. Eur.
4,636 ff. erwähnen ihn bei der trennung; Guébriant † 1643 Novb.
nach Puf. 520 b. Nach Theatr. Eur. 4,105. 181 ff. † er 1643 nach
September. G. ist also wohl nicht gemeint.

2) Dasselbe mit B. IV.

Mit alter hand auf dem titelblatt: 1648. fr. L. H[1]). Vgl. damit die aufschrift auf dem titelblatt von B. Auf dem rücken des buches steht: Collection einiger seltenen Schriften über den Westfälischen Frieden 1646, 1647 u. 1648. Manifest der Stadt Münster gegen B. v. Mallincrot 1648. Weiter unten III.

*II. Antwoordt van Hare Ho: Mo: Heeren de Staten Generael der Vereenighde Nederlanden. Op de propositie ghedaen door den Heere De la Thvillerye, ambassadeur extra-ordinaris van sijne Coninglijcke Majesteyt van Vranckrijck, etc. Gedruckt in 't Jaer 1646. 5 seiten. Am schluss: Gedaen in de Vergadering van Hare Ho: Mo: inden Hage den 21. Augusti 1646.

*III. Missive uyt Middelburgh aen syn vrient in Hollandt. Gedruckt tot Middelburgh, by Gijsbert Verdussen boeck-verkooper, 1647. 17 seiten. Am schluss: Vyt Middelburgh den 20. December 1646. Anfang: Waerde Vrient. Ick heb u brief gelesen met blydtschap[2]), ende met droeffenis: het eerste om dat ick sie d'eendrachtige Resolutien van alle Provintien tot Vrede, het laetste: om dat de Cardinael weder een Stock in 't Wiel[3]), of de Kat in 't Gaern werpt, willende dat de Handelingh tot Munster sal werden geaccrocheert[4]), so langh tot dat dese Staet sal hebben eene Ample verklaringh gedaen op het Tractaet van 1644 aengaende d' Interessen van Vranckrijck.

*IV. Poincten der Artijckelen / ter Vergaderinghe van de Hoog: Mog: Heeren Staten Generael der

---

1) Weiter unten mit anderer hand: Bibliotheca Niesert, past: in velen. 1816.

2) = freude.

3) Rad.

4) Eigentlich an einen haken oder nagel hängen, hier aufhalten, hemmen. Der vertrag bei Aitzema. Vgl. Wicquef. L'amb. I, 2,157, 197. Er ist vom 29. Februar 1644. Nég. secr. 1,192.

Vereenighde Nederlanden gearresteert, waer nae de Heeren Plenipotentiarisen (so) / ende Extraordinarij Ambassadeurs van desen Staet in het tractaet van Vreden tot Munster, met die van den Coninck van Spanien / hebben te verhandelen. Tot Dordrecht, by Symon Moulaert, boeck-verkooper, woonende in de Wijn-straet, in't Jaer 1647. 12 seiten. Es sind 70 artikel. Schluss: Aldus ghedaen / ende ten weder-zijden[1]) onderteeckent in Munster den 8. Januarij 1647. El Conde de Peg.ar [2]). Fr. Joseph, Erts-Bisschop van Camerijck. A. Bruyn. — B. van Gent. Joh. van Matenesse. Ad. Pauw. Joh. de Knuyt, Fr. van Donia. W. Rippenda[3]). Ad. Clant. Zwischen diese unterschriften ist mit alter hand geschrieben: haec conclusio facta est, secreto in Commendaria S. Joannis, aula pro tunc ill.mi Cameracensis in qua secreto infrascripti conuenere circa 7.mam die 8. Januarij Vespertinam ac simul mansere vsque ad medium noctis inuicem circa vndecimam praestantes sub discessum amplexum ./. id notantibus famulis et pro veridico signo pacis conclusae habentibus, latuit vero Gallos qui nihil minus quam tale quid de Holandis suspicabantur, neque nisi post mensem prius rescitum fuit ab illis idque cum grauissima indignatione, et minus[4]) quam alta mente maneret reconditum et suo tempore vindicandum: patet quippe ex hoc libello, quantum ennisi sint Franci vt Holandos continerent in belli societate. Die genaueste zeitbestimmung.

*V. Harangue, ofte Vvtsprake door den Heer de la Roche Servient, Raedt van den Coningh, in sij-

---

1) = von beiden seiten.

2) = Pegnaranda = Peñeranda.

3) statt Ripperda. Ursprünglich Münstersches geschlecht; sie haben als wappen einen gewappneten silbernen ritter zu ross in schwarzem felde und auf dem helme einen silbernen geflügelten wachsenden drachen. Ripperda liegt südlich von Stadtlohn im amte (kreise) Ahaus. Sauer.

4) demonstratum?

nen Raedt, ende Ambassadeur Extraordinaire, van weghen
den Ghenerale Vrede. Gedaen in den Hage, in de Vergaderinge van de Heeren Staten Generael van de Vereenighde Nederlanden. Den 14. Januarij 1647. Ghedruckt
in't Jaer 1647. 8 seiten. Darauf: Na de Antwoort vanden
Heere President, die betugghde de vaste Resolutie van de
Heeren Staten Generael, dat sy-lieden voor altoos[1]) wilden
blijven in de ghemaeckte Vereeninge, in affectie en goede
ghenegentheyt met Vranckrijck, en waerdighlijck bewaren
de gonste en assistentie, die sy van tijdt tot tijdt ontfangen
hadde. S. 8—10. Schluss: Gedaen in den Hage den
14. Januarij 1647.

*VI. Advys van de Gecommitteerde der Ed:
Mog: Heeren Staten van Zeelandt / ter Vergaderinge van
de Ho: Mog: Heeren Staten Generael. Nopende het Tem-
perament inde Religionssaecken, inde Meyerye van den Bosch,
Marquisaet van Bergen, etc. In haer Ho: Mog: Vergaderinge over-gelevert op den 21. Januarij 1647. ende by
deselve Gecommitteerde in competenten getale[2]) onderteyckent. Daer uyt kan werden gesien / dat inde Vredens
Tractaten by de Ho: Overheden[3]) / het stuck van de Religie werdt ter herten ghenomen. Gedruckt voor de Lief-
hebbers der Waerheyt. Anno 1647. 6 seiten. Schluss: Aldus ghedaen ende ter Vergaderinge van haer Ho: Mo:
over-gelevert / den 21. Januarij 1647. Ende was onderteeckent by alle de Ghecommitteerde, soo ordinaris als extraordinaris van de Ed: Mo: Heeren Staten van Zeelandt,
in haer Hoghe ende Moghende Vergaderinghe, in dese
hoogh-wichtighe saecken comparerende.

---

1) Für immer.
2) In erforderlicher stimmfähiger anzahl.
3) Obrigkeit.

*VIIa. Observatien op de Brief van A. de Bruyn, Plenipotentiaris van Spangien tot Munster[1]). Neffens een memorie van Philippe le Roy, Raedt van de Finantien van den Koningh van Spagnien en Griffier der selve. Tot Deventer. By Jacob Verworen, Boeckverkooper. Anno 1647. 21 seiten. Dann VIIb: Memorie van Philippe Le Roy, Heere van Ravels, Raedt van de Finantien van den Koninck van Spagnien etc. Hoog. Moog. Heeren. Schluss: Was geteykent Ph. le Roy. Gelesen den 8. Februarij 1647. S. 21. 22.

*VIII. Geschrift aende Heeren Staten Generael der Vereenighde Nederlantsche Provintien In-ghegeven door den Heer Ambassadeur van Vranckrijck, den 4. Marty 1647. Tot Zutphen, voor Pieter Franssen 1647. Bei den gesperrten worten von alter hand geschrieben: Monsieur Seruient. 22 seiten. Schluss: Gedateert inden Haegh, den 3. Marty, 1647. Ghetrouwelijck uyt de Fransche in de Nederlantse Tale overgeset. S. 11—14 und theilweise s. 10 mit Lat. typen.

*IX. Vertoogh van Antoine de Brun, Raedt ende Ambassadeur van sijne Majesteyt van Spagnien tot bevordering der aengevangen Vrede-handelinge tot Munster. Aen hare Hog: Mog: de Heeren Staten Generael der vrye Vereenigde Nederlanden. Schriftelyck gesonden uyt Deventer den 11. Februarij 1647. Wt het Fransch overgeset. Tot Dordrecht. By Jan Verhaghen, Anno 1647. 6 seiten.

---

1) Brun schrieb an die Generalstaaten 1647 Februar 11 aus Deventer. Nég. secr. 4,223. Vgl. *IX. 1647 Jän. 31 ist er in Gorkum (a/Waal n. w. Utrecht) Négoc. secr. 4, 258; 1647 Februar März wird er gefangen genommen vom gouverneur von Steinbergen, weil er ohne pass nach dem Haag reisen will (Theatr. Eur. 5, 1313). Es ist wohl der brief Bruns von 1647 Februar 11 hier gemeint; dann fiele VIIa 1647 nach Februar 11. Nach Dx unterzeichnet er 1647 März 3 wieder in Münster. Auch D VIII. erwähnt diesen brief, meint aber, er stamme aus Münster. (S. 2).

*X. Poincten van Consideratie van de Heeren Ambassadeurs Extraordinaris ende Plenipotentiarisen van Spagnien, aende Hoog: Mog: Heeren Staten Generael, van Munster schriftelijck over gesonden. Mitsgaders een Brieff van den Ambassadeur Ad. Pauw Heer van Heemstede, etc. aen de voornoemde Heeren Staten Generael. Tot Uytrecht, Voor Francoys Vermeer, Boeck-verkooper by de Mart. Anno 1647. 4 seiten. Schluss: Wt Munster den 3. Martij 1647. Was geteeckent De Graeff van Penerande, Broeder Joseph Eertz-Bisschop van Camerick, A. Brun. Op't Couvert daer inne het bovenstaende gheschrifte was geslooten / ende mette Zegels vande bovengenoemde Respective drie Heeren bezegelt / stont geschreven: Overgelevert aen den Heere van Heemstede, ende by den Secretaris vande Ambassade van Spangien, Pedro Fernandez del Compo den 13. Marty 1647. des avonts ontrent thien uren in presentie van my J. vander Burgh. Der brief von Pauw steht s. 5 und 6. und ist unterzeichnet: Hooge ende etc.: in Munster den 12. Maert 1647. Ad. Pauw.

*XI. Geschrifte over-gegeven by mijnen Heere den Ambassadeur van Vranckrijck, aen Mijne Heeren de Staten Generael der Vereenighde Nederlanden, wegens de garantie. Den 11. April, 1647. Gedruckt in't jaer 1647. 11 s. Schluss: Gedaen in den Haegh den 11. April 1647.

*XII. Propositie van sijn Excellencie den Grave Servient Ambassadeur extraordinaris ende Plenipotenciaris van den Alder-Christelijcksten Coningh. Gedaen inde Vergaderinge vande Ho: Mo: Heeren Staten Generael der Vereenighde Nederlanden. In's Graven-Hage. Tot Vtrecht. Gedruckt voor Hermann Jansz Knodsenburgh Konstverkooper in't Zuydt-eynde. Anno 1647. 6 seiten[1]). Anfang:

---

1) Cod. Paul. Monast. h⁶ 81ˢ enthält: Propositie godaen door den Heer de la Thuillerye, Ambassadeur, van Syne Koningh-

Het is nu geleden drie volle Jaren, dat wy al-hier passeerden / mijn Heere d'Avaux en Ick / door last van den Coningh / ende Coninginne Regente sijne moeder / om met u Ho: Mo: te beraetslagen / eer Wy ons na Munster souden begeven u. s. w. (1643 Dez. 2 überreichten Avaux und Servien im Haag ihr beglaubigungsschreiben. Aitzema Saken 5,498).

*XIII a. Copie autentyck van seeckeren Brieff, geschreven by den Heere Grave Servient, ambassadeur extraordinaris van Vranckrijck aen de respective Heeren Staten der Vereenighde Nederlantsche Provintien. Op den 25. ende 26. April 1647. Wt het Fransch vertaelt. XIII b. Hier nevens de resolutie, van de Hoogmogende Heeren Staten. (Darunter geschrieben Ende Antwoordt). t' Amsterdam. By Pieter Vermeulen Boeckverkooper. Anno 1647. 5 seiten. Die 5. seite ist unten verletzt, so dass die unterschrift abgerissen. Auf seite 6 steht: XIII c. Extract van de resolutie, ghedaen van weghen d'Hooghmogende Heeren Staten Generael. Den 19. Aprilis 1647. Dann XIII d. folgt die Antwoordt op den brief vanden 25. en 26. April, seite 7—11, mit 2 beilagen, XIII e. und f. seite 11—13. 1) Gehoort de Concideratien (so) van de Heeren Mathenes en Pauw Pleinpotentiarijsen van desen Staet tot Munster, hebben de gecommitteerde Leden goet gevonden haer Ed: Groot Mog: te dienen van advijs als volght. 2) Copie van een Brieff vande Hollandtsche Kooplieden tot Nantes vanden 14. April 1647. Geschreven aen mijn Heer den Ambassadeur vande Vereenighde Nederlantsche Provintien tot Parijs. Anfang: Myn Heere, Wy hebben voor

---

lijcke Majesteyt van Vranckrijck, ter vergaderinge van Hare Ho: Mo: Heeren de Staten Generael der Vereenighde Nederlanden. In's Graven-Haghe den 8. Augustij. 1646. Ghedruckt nae de copie van Parijs. 6 seiten. Mit dem Franz. wappen.

desen dickwils[1]) u Excellentie importuyn geweest met onse klachten over de dreygementen diemen ons alhier geduyrich dede, soo deur mijn Heere van la Meilleraye als de Borghers self vans ons te willen Dootslaen ende inde Riviere werpen u. s. w. Vgl. dazu Wolf Lucas Geizkofler s. 48.

*XIV. Den ongeveynsden Nederlandtschen Patriot. Darunter geschrieben I. Deel. Tot Alckmaer. By Jan Claesz Boeckverkooper, woonende op Uliscevort. 1647. 23 seiten. Schluss: Zoo de voorss besoignes als oock de provisionele onderteeckeninge dewelcke volgens ende vermogens haer Ho: Mo: Resolutie vanden 25. November lestleden / by de Heeren hare Ho: Mo: Pleinpotentiarijsen gedaen heeft mogen worden.

*XV. Tweede Deel van den ongeveynsden Nederlandtschen Patriot. Voorstaende de Intressen van sijn Vaderlandt teghen alderley opposanten, by weghe van Discours. Tusschen Mysteriognostes[2]) / Innocentius, Degenerinus, ende Germanicus. De twee eerste ziinde oprechte Lief-hebbers des Vader=Landes / hoewel de eene wat gauwer / de andere wat onnooselder[3]) / ende de twee laetste wel schijnvrienden / doch bedeckte vyanden van den Nederlandtschen Geunieerden Staet. Voorstaende te Intressen insonderheyt van Hispagnien ende Oostenrijck. Seneca Lib. 2. de ira: Nunquam dederit suspicioni argumentario, Simplicitate opus est, et benigna rerum aestimatione. Ghedruckt tot Middelburch, by Symon Verhoeven, Boeckverkooper. 38 seiten. Gedruckt by Gijsbert Vermeyde Boeckdrucker tot Middelburgh. Voor Symon Verhoeven Boeckverkooper, In't Jaer 1647.

*XVI. Discours over den teghenwoordighen Vrede-Handel, tusschen een Coop-Man en Matroos. Gedruckt in't Jaer 1647. 7 seiten.

1) schon längst.
2) Druck Mysterioguostes. — 3) einfältiger.

*XVII. Soldaets Praetje / of t'Samen-Sprake tusschen een Soldaet en een Burger / aengaende de Militie. Gedr. Ao. 1647. 17 s. BUrger. Goeden dach u. s. w. tractement.

*XVIII. Remonstrantie der Predikanten van Utrecht overgelevert aen de Ed. Mog. Heeren Staten s' Landts van Utrecht, raeckende het poinct van Religie. Gedruckt int Jaer 1647. 9 seiten. Schluss: Ende was ondertekent

Johannes Flaman   Andreas Svvavius
Johan Breyer   Gisbertus Voetius
Carolus de Maets   Corn. Heycopius
Libertus Spruyt   Gualterus de Bruyn
Johann Hoornbeeck.

XIXa. Articulen en Conditien van den Eeuwigen Vrede / Geslooten tusschen den Groot-machtigen Koning van Hispaignen / etc. ter eender / ende de Hoogmogende Heeren Staten Generael der Vereenigde Nederlanden / ter ander zijde; onderteyckent en bezegelt den dertigsten Januarij 1648. Tot Munster. Tot Rotterdam, By Haest van Voortganck, Boeckdrucker van de Articulen van de Vrede / 1648. 24 seiten. (79 artikel). Dann folgt auf soite 25: XIXb. Copye van de volmacht van zijn Coninck lijcke Majesteyt van Spaignen / dewelcke is behandigt aen de Gesanten van hare Ho: Mo: Heeren Staten Generael der Vereenigde Nederlanden / tegenwoordigh tot Munster vergadert zijnde; waer in zijne Coninghlijcke Majesteyt / dese Vereenigde Nederlanden verklaert vry ende liber te zijn / sonder dat hy eenige pretentie daer op is hebbende in geender manieren / als volgt. (Zu Joseph Bergaigne, der hier unten auf der seite erwähnt wird, steht von alter hand geschrieben: Eheu! obijt Mon. 24. Octob. vesperi 1647. articulis iam confectis et ad Regem Catholicum missis). Gegeven in Saragoussa, den 7. Junii 1646. Ick de Koning. P. Coloma. XIXc. S. 27: Volgt den Inhoudt van de Procuratie van de Plenipotentiarisen van de Heeren Staten Generael, s. 27—30. Schluss: Des ten oirkonde hebben wy desen doen parapheeren / met onsen grooten Zegel doen zegelen / ende by onsen Griffier doen teeckenen. In onse Vergaderinge in's Graven-hage, den 20. Martij 1646, Geparapheert: Johan van Reede. Op de Plijcke stont: Ter Ordonnantie van de Hoog-gemelde Heeren Staten Generael. Ende geteeckent: Corn. Musch. Hebbende onder aen gehangen het groote Zegel van de Heeren Staten Generael, in rooden wassche, aen een dobbele gevlochten koorde van gout ende rooden wassche. In Kennisse van alle't gunt voorschreven is / hebben wy Ambassadeurs Extraordinaris / ende Plenipotentiarissen van de voors. Heeren / Koning van Spaignen / etc. Ende Staten Generael der Vereenigde Nederlanden / in krachte van oude respective procuratien / dit tegenwoordig Tractaet onderteeckent / ende met het Caschet van onse wapenen bevestigt. Gedaen tot Munster, in Westphalen, den 30. Januarij 1648. Was geteeckent ende gecachetteert: El Conde de Peneranda. A. Brun. Bartholt van Gent. Johan van Mathenesse. Adrian Pauw. J. de Knuyt. F. van Donia. Wilhelm Ripperda. Adrian Clandt. Folgt in duplo: XIX d. S. 32—35. Missive van den 14. Februarij 1648. Geschreven vande Coninck van Vranckrijck aen de Heeren Staten Generael der Vereenighde Nederlanden. Mitsgaders de Propositie gedaen van Monsieur Thuillerie, extraordinaris Ambassadeur des Conincx inde vergaderinge vande gemelde Hoogh Mogende Heeren Staten Generael. Schluss: Gedaen in's Graven-Hage den 3. Marty 1648. Ende overgelevert een Brief des Conincx op den 22. January geteeckent. Tot Leyden, By Frans van Meenen, inde Slip-straet 1648.

*XXa. Twee Propositien gedaen door den Heer De la Thullerie ambassadeur extraord. van Syn Conincklijcke Majesteyt van Vranckrijck, op den 3. Mart.

den tweeden op den 17. Marty 1648. Ter vergaderinghe van hare Hoogh Mog. Heeren Staten Generael der Vereenighde Nederlanden. XX b. Mitsgaders: Eenige consideratien op beyde de Propositien. Tot Utrecht, Gedruckt voor Frans Levijn, Boeck-verkooper op de Ganse-marckt, Anno 1648. 18 seiten. Die vorschläge de la T. umfassen 7 punkte, seite 1. 2; die consideratie op de propositie ebenfalls 7, seite 2—9. Schluss: Om dat in dese Consideratien wert meermael gementioneert de Propositie in't Parlement van Vranckrijck, ghedaen den 15. January deses jaers: Zoo zullen wy die hier by doen: om tegen de Propositie vanden Heer Ambassadeur te werden geballanceert, ende te sien, hoe verde d'Interessen ende maximen van't Parlement[1]) verschillen van die van den Cardinael. XX c. Folgt: De Propositie van den Heer Talon, Advocaet Generael, gedaen in't Parlament tot Parys, op den XV. Januarij 1648. XX d. Folgt seite 11—13: Den Drucker aen de Vereenighde Nederlanden. XX e. Seite 14: Extract wt het Advys Provinçiael van Gelderlandt, Ingebracht den 17. Februarij, 1648 und Extract Provinçiael van Over-Yssel, ingebracht den 4. Maert 1648. Seite 15: Extract uyt het advijs Provinçiael van Hollandt, in ghedient den 7. Maert 1648. Weiter folgt seite 15. 16: De tweede Propositie. Gedaen in den Hage den 17. Maertius 1648. Geteyckent La Tuillerie. Weiter: In dese Propositie wordt geseyt (seite 16—18).

*XXI. Redenen by den edelen Heere van Nederhorst, overgegeven aen zyn Ed. Collegae, de Heeren Plenipotentiaris, ende gesonden aende Ed. Moogende Heeren Staten van Uytrecht. Hier is noch by gevoeght het Tegen-bericht ende Wederlegginge van de Redenen, van wegen den Heer van Nederhorst, etc. t'Amsterdam, gedruckt by de Weduwe van Joost Broersz. 1648. 2 seiten.

---

1) Druck Palement.

*XXII. Tegen-Bericht ende Wederlegginge vande Redenen die van wegen den Heer van Nederhorst ter Vergaderinge vande Ho: Mog: Heeren Staten Generael sijn ingedient den 3. February, 1648. Gedruckt nae de Copie uyt's Graven-hage, voor de Weduwe van Joost Broersz, woonende inde Pijl-steeg, 1648. 6 seiten. Schluss: Gedaen by de ondergeschreven Plenip. ende ten bevele van de Groot Mog. Heeren Staten van Hollandt ende Westvrieslant overgelevert den 13. Meert 1648. Geteyckent Johan van Matenesse, Adr. Paw.

XXIII. Resolutie / Van de Hoogh Mogende Heeren Staten Generael, aengaende de Ratificatie ende Publicatie der Articulen van den Vrede, ghetekent tot Munster den 30. Januarij 1648. Tusschen Sijne Majesteyt van Spangien, ende de Vereenighde Provintien van desen Staet. Ghearresteert den 4. April 1648. Gedruckt in't Jaer ons Heeren 1648. 2 seiten. Abgedruckt mit einigen abweichungen Aitzema 6,511—513.

*XXIV. Ingredienten ende Ampliatien van antwoort te geven aen den Heer Ambassadeur van Vranckryck op syne Propositie van den XVII. Martii 1648. Tot Amsterdam, gedruckt by Joh. Verny, Boeckverkooper, by de Nieuvve-Kerck, 1648. 10 seiten. Seite 1, 2: Redenen den Heer Ambassadeur De La Thiullerye, Volgens 't Provinciael advijs van Hollant voor te dragen, mede dienende tot antwoordt op des selfs jongst gedane Propositie den 17 deser ter Generaliteyt overgelevert. 13 punkte. Seite 3: Ampliatie op de 1. Artijckel. 13 punkte.

*XXV. Openhertige en Trouhertige Requeste ghepresenteert ende overgegeven; aen de Ed. Mog. Heeren Staten van Zeelant, den 16. Meerte 1648. Door de rechte Patriotten, en ware Lief-hebbers des Vaderlandts, dewelcke hare ontrustige Gemoederen hebben willen uyt-storten, eerst aen hare Eerwaerdige Majistraet van Middelburgh, om door hare Eerw. gepresenteert te werden, aen de Ed. Mog. Heeren Staten van Zeelant. Joan. 7,24. Oordeelt niet naer het aensien, maer oordeelt een rechtveerdich oordeel. Want het is niet Keyserlijck vryheyt van spreken t'ontseggen. Noch Priesterlijck niet te seggen datmen gevoelt. Gedruckt in't Jaer ons Heeren, 1648. 6 seiten.

*XXVI. Examen de la lettre d'vn gentilhomme Francoys, du 10 Mars et du cahier oblié. 16 seiten; gegen Servien. Wann geschrieben, ergibt sich nicht sogleich.

*XXVII. Lenityf op een seecker Fransch Correctyf onlangs tegen de Vrede uytgegeven. Tot Amsterdam, By Niclaes Faeck Boeckverkooper op't Water. 1648. 17 seiten. Geschrieben nach 1648 Jänner 15, da die harangue von Talon an könig und königin im parlament erwähnt wird. Vgl. oben XXc.

*XXVIII. Relation Deren Ursachen So das Neapolitanische Volck von Frantzösischer seiten abzutretten / vnnd in dero Königlichen Majestätt in Hispanien als ihres Natürlichen Herrns aller vnderthänigste deuotion vnnd Schuldigen gehorsamb widerumb zubegeben billigen bewogen hat. Vor den Minnenbrüder im Loret. Getruckt im Jahr Christi 1648. Auf dem titelblatt das Span. wappen. 3 seiten.

*XXIX. Capitulation vnd Articulen / wegen abschaffung der Zöll vnnd aufflagen / vnd Restitvtion der vorigen Priuilegien vnd Freyheiten / wie auch des General Pardons So von Ihr. Königl. Mayst. in Hispanien dem allergetrewesten volck der Statt vnd KönigReichs Neapolis Ist eingewilligt worden. Vor den Minnenbrüder im Loret. Gedruckt im Jahr Christi 1648. Auf dem titelblatt das Spanische wappen. 8 seiten. Schluss: Geben im Königl. Pallast den 11. Aprilis Anno 1648. Don Juan etc. Unten steht unter einem strich: Die Vrsachen des

Neapol. auffstandes gegen Ihr Königl. Mayst. in Hispanien, vnd wie dasselbe (so) durch Mos. Aniello (so) geführt worden, ist absonderlich zu finden zu Loret vor den Minnenbrüder. — Der aufstand begann 1647 Juli 7, Nani 2,149, hörte mit Masaniellos tode noch nicht auf, sondern ward von Franc. Toralto weitergeführt und von Gennaro Annese. Erst 1648 April 6 ward die ruhe in Neapel wiederhergestellt. Nani 152 ff. Der unterz. ist Don Juan d'Austria, der Messina in der treue gegen Spanien bestärkt hatte. Nani 2,157.

*XXX. Abgenötigte offentliche Manifestation vnd Ehrenrettung / sampt einverleibter eventual recusation protestation vnd Appellation Bürgermeistern[1]) vnd Rhat der Stadt Münster Gegen und wider den Hochwürdigen vnd Wohl Edelgebohrnen Herrn Bernhardten von Mallingkrott Thumb Dechant / vnd Consorten / etc. Darunter von alter hand: 1648. Hic bonus Dominus Decanus post paucos annos subsequentes ab eodem Magistratu in tutelam receptus ex oppositione sua contra electum Episc. et Principem Christop. Bernardum de Galen primum quasi motiuum fuit inter dictum Principem et Ciuitatem motuum et bellorum se ad annum 1661 extendentium, vti ex Scriptis latius. 4 punkte. 10 seiten. Schluss: Vhrkundtlich Vnsern Burgermeistern vnd Rhats der Stadt Münster in Westphalen vffgetruckten Secret Siegels. Signatum in Congregatione Senatus. Mercurij 8. Aprilis, Anno 1648.

Locus Sigilli.

---

1) Bürgermeister waren damals Heinr. Herding und Joh. Timmerscheid. Hs. 122 des alterthumsvereins in Münster. Sauer. Herding wird bereits 1647 März 9 bürgermeister genannt. Sauer Die Bestrebungen Münsters. Beil. 5.